하늘에서 꽃이 내리다

지은이 이채현

1964년 경상북도 안동에서 태어나, 1988년 이화여자대학교 국어
국문학과를 졸업하고, 1993년 이화여자대학교 교육대학원 교육
학과를 졸업했다. 현재는 프리랜서 작가로 활동하고 있다. 시집으
로 『그대에게 그런 나였으면』이 있다.

하늘에서 꽃이 내리다

ⓒ이채현, 2014

1판 1쇄 인쇄__2014년 01월 01일
1판 1쇄 발행__2014년 01월 10일

지은이__이채현
펴낸이__양정섭

펴낸곳__작가와비평
　　　　등　록__제2010-000013호
　　　　주　소__경기도 광명시 소하동 1272번지 우림필유 101-212
　　　　블로그__http://wekorea.tistory.com
　　　　이메일__mykorea01@naver.com

공급처__(주)글로벌콘텐츠출판그룹
　　　　대　표__홍정표
　　　　기획·마케팅__이용기
　　　　편　집__최민지 노경민 배소정 김현열
　　　　디자인__김미미
　　　　경영지원__안선영
　　　　주　소__서울특별시 강동구 천중로 196 정일빌딩 401호
　　　　전　화__02-488-3280
　　　　팩　스__02-488-3281
　　　　홈페이지__www.gcbook.co.kr

값 8,000원
ISBN 979-11-5592-101-2 03810

작가와비평
시   선

하늘에서
꽃이 내리다

이채현 시집

작가와비평

눈이 날고 있다.

허공을 맴돌다 나무에 앉았다. 눈꽃이 피었다.

순간적 진실일 수도 있는 나의 언어들이지만 사뿐
히 삶에 날아 앉아 꿈으로 피어나길 희망해본다.

차
례

∨

1부__사람 만나고 돌아오는 밤이면

2부__ 꿈꾸는 물고기

3부__ 사랑하는 이여

4부_ 하늘에서 꽃이 내리다

사람 만나고
돌아오는
밤이면

더듬이의 기도

석류나무 아래
갈라져 온 껍질 더듬는 촉각이고 싶다.
박힌 가시 발라내는 후각이고 싶다.
천둥에 영근 속살 닮는 감관이고 싶다.

심신(心身)이
사람에 닿는 숙명이었으면….
사랑에 돋아난 천명이었으면….

하얀 절규

깨져 가는 태양,
밤의 혼돈,
끊어지는 시간,
당신은 눈 감았습니까? 귀 막았습니까? 입 다물었
습니까?

떠나십니까?
부서진 대지,
스러진 숨,
헝클어진 평화,
부러진 희망,

당신은 제게 그러라고 하셨습니다.
해맑은 아이의 웃음이었습니다.
그저 품는 땅이었습니다.
곧게 꿈꾸는 나무였습니다.

모르겠습니다. 모르겠습니다.
나는 모르겠습니다.

당신은 어인 분이십니까?
당신은 어디 계십니까?

어찌할 수 있습니까?
어찌해야 합니까?

모르겠습니다. 모르겠습니다.
나는 모르겠습니다.

벽 앞

당위(當爲)의 벽 앞에서 서성인다.

사랑의 큰 벽
칡넝쿨 기어오르는데
구경하고 있다.

기억은
올라가라 한다.

헤지고
짓이겨도
가시덤불 타고
벽 넘은 후면
현재에 고귀한 꽃이 만발(滿發)했다.

침묵

선홍빛 꽃들이 뚝뚝 떨어집니다.
아우성치고 싶었습니다.
삿대질하고 싶었습니다.

어둠 속으로 명멸(明滅)해 간 이들은 아무 말이 없습
니다.
'사랑해'라고 묘비(墓碑)에 쓸 수가 없습니다.
사랑은 끝까지 지켜줘야 하는 것.

하얀 국화 앞에 놓으며 말로 말을 하지 않겠습니다.
침묵의 적(敵)은 침묵, 두 손 불끈 쥐고 무거운 발
걸음으로 추모공원(追慕公園) 돌아 나서는데…

가장 큰 이가 가장 큰 침묵으로 부끄럽게 하십니다.

매듭

연(緣)줄에 매듭이 맺혔다.

나이 들수록 풀고 싶다.

하늘나라 가서 예쁘고 가지런한 줄 보이고 싶다.

내 손에 긴 줄을 잡고 넣었다 뺐었다 수없이 매듭이
또 맺히고 또 맺히고.

참회의 긴 시간

이미 나를 놓아버렸다.

연(緣)줄을 더듬어 네게 닿으면 네가 웃어주면 어떨
까?

손익계산서

'손익계산서'
오른손이 하는 일을 왼손이 모르게 하는 것이 아니라 온몸으로 나팔을 불며 동네를 돌아다니고 싶었다.
마음이 허기졌나보다.

삶 갈피갈피.
여린 선(善)
천 길 낭떠러지, 발 디딜 때마다. 가는 길, 그럴 것 아닌가. 그리하여도.
강한 행(行)
거처하는 몸이 아무리 누추해도 아무리 남루해도, 영혼은 맑게 빛날 수 있는 것.
꼿꼿한 정(正)
저잣거리 곳곳에서 입 벌리고 널름대도.

하늘나라에서 만날 '하늘 손익계산서'
파도 같은 내가 써내려가는.

먼저 운다

나는
머리보다
가슴이
먼저
운다.
그래서
더 많이
아프다.

그러나
나는
가슴보다
손이
발이
늦어
그래서

더 많이
괴롭다.

지난(至難)한 용서

"주님, 제 형제가 저에게 죄를 지으면 몇 번이나
용서해 주어야 합니까? 일곱 번까지 해야 합니까?"

겹겹이 쌓인 퇴적층 머리에 이고
더 이상 갈 수 없어
내려놓아야
얼어붙은 눈사람이
빈 들판에서 소리소리 지르고
돌아서는 길
울어도 내가 울고, 슬퍼도 내가 슬프고, 아파도 내가
아픈
메아리 되어야
지난(至難)하게
그러다 보면 굳은 살 녹아 새살 발갛게 돋아나게
하시니.

예수님께서 대답하셨다. "내가 너희에게 말한다. 일곱 번이 아니라 일흔일곱 번까지라도 용서해야 한다."

가득한 '나'

'내'가 한 조각씩 깎이는 만큼 사랑은 살아나나요?

'내'가 한 번씩 넘어지는 만큼 사랑은 일어서나요?

'내'가 한 뼘씩 낮아지는 만큼 사랑은 자라가나요?

'내'가 한 웅큼씩 퍼내는 만큼 사랑은 담겨지나요?

'내'가 한 입 가득 웃는 만큼 사랑은 날아가나요?

'내'가 한 순간이 모든 것인 만큼 사랑은 행해지나요?

'내'가 한 줄기씩 그리워하는 만큼 사랑은 닮아가나요?

그리하고 싶은데

그리되지 않으니

'나'는 '나'를 무척 사랑하나 봅니다.

허나 당신은 바람 되어 긴 세월 '나'를 다듬고 계십니다.

조금씩 땅처럼 기뻐하는 '나'를 느낍니다.

아가야

볼 수 없고
들을 수 없고
알 수 없는
당신

내 앞에 앉은 아가가 웁니다.
엄마 품에 머리를 부비며
무엇 때문에 그 검은 눈망울에
'아가, 너는 울지 마라. 웃기만 하여라.'

봄볕의 햇살 같고
여름 태양 같고
가을 들판 같고
겨울 눈 같은
당신을 봅니다.

파도 같은 마음을 안고 성당 문 들어섰다가
고개 숙인 벼이삭이 되어 성당 문 나섭니다.

도회의 한 기슭

꼬불꼬불 이 깎아지른 언덕바지에
원숭이가 곡예를 하듯 머리가 저 밑바닥에 닿아야
겨우 들어갈 수 있는
당신이 태어난 베들레헴 마구간

도시는 커다란 입을 벌려 검은 숨을 토해내고
당신의 말은 벽마다 휘갈겨 바래지고
당신의 웃음은 일그러져 나뒹굴고
십자가 첨탑에 기어올라서라도 저 종(鐘)을 치고 싶
습니다.
바삐 길 가는 사람들 손에 거머쥐어 있는 당신을
놓아드리고 싶습니다.

허나 당신은 비틀비틀 쓰러지며 우리를 메고 끌고
타 언덕을 오르고 오르십니다.
긴 밤

내려오고 내려오십니다.

밟고 높아지려는 거친 세상을 우리들 머리맡에 놓아두고

모두 추우라고 겨울을 주십니다. 겨울을 이기는 법을 알라고 사랑을 주십니다. 사랑을 하는 우리들에게 봄을 약속하십니다.

꼬불꼬불 이 언덕바지 너머로.

겟세마니의 밤, 당신처럼

고통스럽습니다.
겟세마니에서 피땀 흘리는 밤입니다.
베드로는 자고 있습니다.
세상은 잠들어 있습니다.

고백합니다.
저들을 사랑합니다.
한없이 사랑합니다.
주신 길 가겠습니다.

깊은 눈으로
다정한 목소리로
작고 낮은 숨결로
베드로를 불러봅니다.
사랑하는 사람을 기억하렵니다.

먼동이 터 오릅니다.
숲이 깨어납니다.
새들이 노래하고
햇살이 눈부십니다.

작은 그릇

당신이 물으십니다.

네가 어느 때 내게 음식을 주었고 목마른 내게 마실
것 언제 주었나?

네가 어느 때 나를 집에다 모셨고 헐벗은 내게 입을
것 언제 주었나?

네가 어느 때 나를 돌보아 주었고 병든 내게 문병을
언제 하였나?

부끄럽습니다.

한 다발의 영혼의 꽃
한 가닥의 기도
한 줌의 부서지는 눈물

작은 그릇에 담아
세상에 내어놓겠습니다.

가난한 과부의 렙톤 두 닢*

---

* 마르 13, 41-44(「가난한 과부의 헌금」).

속으로 익은 기도

오래 전부터
굽이치는 파도는
잔잔한 호수가 되고 싶었습니다.
기도하였습니다.

어느 즈음
하늘을 날고
숲을 걷고
꽃길을 밟고
그리운 이에게 달려가고 있었습니다.

붉은 가슴 열고
하얀 이 드러내며
수줍게 손 잡았습니다.

그렇게도 비어 있고 싶었는데

그렇게도 충만하고 싶었는데
꿈결을 날아다니는
작은 나비로 만들어주십니다.

봉헌(奉獻)

성경 속으로 들어가려다 나는 나와야 될 것 같았다.

실핏줄 속에 숨은 가식의 흔적이 들켜버릴 것 같았다.

썩지 못하는 밀알의 영이 공중에 떠 있는 것도 보실 것 같았다.

나무에 영근 선악과를 몰래 따먹고 천 길 아래로 숨어드는 나를 찾아내실까 헐레벌떡 달아나왔다.

가쁜 숨 몰아쉬는데 옆에서 기다리고 계셨다.

길 잃어 헤매는데 앞에서 손짓하고 계셨다.

팽개친 옆 사람의 손을 살며시 잡아 내미시고 꽉 닫힌 세상의 문 앞으로 가신다.

같이 열자 하신다.

가시관 머리에 얹고 뭇매 맞으시며 새하얗게 앞서 걸어가시니

둔중한 문이 삐거덕 열리며 소리친다.

빛이시여!

머리 조아리고 땅에 엎딘 나를 밟고 큰 사랑이여 지나가시오.

작은 촛불이 온몸을 내어 놓습니다.

바보

나더러 바보라고 합니다.
나는 바보가 아니라고 말하지 못했습니다.
나는 연한 두부 같습니다.
나는 바보인가 봅니다.
나는 바보가 맞을지도 모릅니다.

어느 날 둘러보니 참바보가 참 많았습니다.
하느님 말씀에 곧이곧대로 살고 있는 바보
나는 바보가 아니었습니다.
몰랐습니다.

봄꽃

빌라도의 심문 앞에서도,
'못 박으시오'라고 질러대는 군중들의 아우성에도,
로마 병사들의 채찍질에도,
닭이 울기 전 세 번 배반한 베드로에게도,
진정으로 사랑하였기에
도살장에 끌려가는 어린 양처럼
털 깎는 사람 앞에 서 있는 어미 양처럼

부활절
마당 한 구석에 봄꽃들이 고개를 내민다.
긴 겨울을 잘도 견디어냈구나.
생명의 창조의 선율이 흘러넘친다.

사람 만나고 돌아오는 밤이면

빈 마음에
별을 담고
달을 담고
그리고 내 사랑하는 사람들

그래도 바람이 불어댄다.

집으로 오는 밤
눈물이 흩날린다.
문 앞에서
생(生)의 비애(悲哀)가 울먹인다.
허무의 눈동자는 검다.

구석에 앉아
밤새 삼켜대는 질문들
그리고 새벽녘 뜨는 답
'예수님'

꿈꾸는
물고기

꿈꾸는 물고기

고인 물, 돌 틈에 이끼가 서려 있다.
타성(惰性)의 돌 아래
나태(懶怠)의 돌 아래
안일(安逸)의 돌 아래
강물은 점점 검푸르러진다.

쉬지 않는 말간 개울물에서 살아 노니니
꿈꾸는 물고기
몸을 부셔 수문(水門)을 깨트리려 한다.
부딪히며 깨어지며

꿈속에서 민들레 피어났다.
가장 낮게
가장 뜨겁게
가장 강하게

청태(靑苔)

철(鐵)
녹는다.
흐른다.
철(鐵)
굽어지지 않는다.
부러지지 않는다.

불가마
정련의 틀

약한 것에 약하게
강한 것에 강하게
세상에 나갈 때의 인장(印章)

풀 베며
못 치며

광에 파묻혀 잊고 사는,
사랑 많던 때

무딘 날
깎인 뭉치
머리 위에 얹고 사는,
퍼런 청태(靑苔)

어느 하루

세상은 키를 낮추고 한껏 움츠려 있다.

마음을 숨긴 채 엎드려 뿌연 등을 내밀고 있다.

봉선화 같은 선홍빛 애련함은 마른 흙으로 뒤범벅
되어 구르고 있다.

금방이라도 눈이 올 듯한 하늘이다.

휑한 바람이 불어왔고 가슴이 먹먹하다.

어느 길로 가야 하는가?

누구 하나 이 길로 가라고 가르쳐주지 않고

누구 하나 같이 가자고 손 내밀지 않고

표리부동(表裏不同)한 것이 삶일 수 있고

그것이 '나'일 수 있고

이방인이 되어 생경한 도심의 풍경 속으로 빨려
든다.

컴컴하다.

가슴을 치는 감정의 파노라마가

나이테를 몇 개나 그은 듯하다.

이 도심에서 나무들은 무슨 생각을 하며 저리도 낯

설게 서 있는가.

새 1

그대는 나에게 나를 선물합니다.

어느 날 받아든 꾸러미 속에는 창공을 나는 새 한 마리가 갇혀 있었습니다.

그대, 하늘을 주었고 상자를 주었습니다.

새는 박차고 날아오르려 하기도 하고 그대 품 안에서 잠들려하기도 합니다.

그대를 사랑합니다. 그대를 잃고 싶지 않습니다. 그대 품을 떠나고 싶지 않습니다.

지독히도 그리울 겁니다. 보고 싶을 겁니다. 슬플 겁니다.

허나 속으로 흐르는 숙명을 어찌합니까.

고독을 온몸으로 맞으며 작은 새는 저 창공으로 날아오릅니다.

새 2

창공을 납니다.

새인 줄 날았습니다.

끝없는 허공

모두 길인 듯합니다. 모두 길이 아닌 듯합니다.

날갯짓이 힘겹습니다.

나는 새가 아니었습니다.

새는 숙명으로 날고 있었습니다.

새에게는 창공을 나는 숙명만 흐르고 있습니다.

그런 숙명이 내게도 흐르고 있는 줄 알았습니다.

허면 꿈틀대던 비상의 소망은 무엇입니까?

구속이 있을 때 자유가 일어남을.

숙명은 자유가 아닙니다.

나를 깨뜨리는 치열한 몸짓으로 날겠습니다.

땅과 조응(照應)하는 순간,

창공을 날다 사무치는 그대 어깨 위에 잠시 앉아도
될까요?

산행

산을 오른다.
한 발자국
한 발자국
태초의 고요 속에
바스락
바스락
잎들이 뒤척였다.
묵은 짐
한 줌
한 줌
길섶에 내려놓았다.
헉
헉
깊은 숨이 토해졌다.
힘 다하여
내딛어

고개 드는 순간

눈 속에

산은 아래로 그리며 세상을 품고 있었다.

메말라가는 데

감동 없이 사는 것 같은 생각
푸석푸석한 날들,
교과서 같은 사람이라고 하는 말이 명치에 얹혀
메말라 버린 마음 밭 위로 비가 내렸으면
간절히 싶을 때

그 비가 내려 하루 만에 나무가 커다랗게 커버렸으
면 하는 욕심
사나운 뒤 끝에
팔순 노모가
자작거리는 발걸음으로 차려 들고 온 밥상에
구슬이 흘러넘치니

두 손을 씻으러 갔다.
마음도 꺼내 눈물로 헹궈야 하리.
파삭파삭한 머리도 적시면 잘못 가르치지만은 않

을 것

환해지는 눈으로
사람 앞으로 나오는 길을 찾게만 된다면
도서관 길 옆
꽃과 나무와 바위가 가을비에 흠뻑 젖는다.

순간

무의식 바다
한 바탕 해일이 일 때

나로 인한 순간만 이긴다면

다스려라
마음을 다스리고
생각을 다스리고
말을 다스리고
눈을 다스리고
지난 시간을 다스리고

보이는 것만 보지 말고
들리는 것만 듣지 말고
생각하고 싶은 것만 생각하지 말고

멀리 서서
치열히
나를 다스려라

겨울나무

놓았다.
가는 잎

아픈 잎의 울음
구른다.

빈 가지
무겁다.

벌거벗고
이 겨울 지나야

봄볕
파릇이 새순 맞을 수 있으려나

파란 가시 장미꽃

고통을 떼고 싶었다.
몸부림치며 훑었다.

가까이 다가서지 마라
지천이 울음소리로 검다.

가시관 쓰다듬는
밤 동안
십자가서
하얀 꽃 휘감아내리고

품에
파란 가시
파닥이며 피어 안겼다.

줄타기

펄쩍펄쩍 외줄 뛰는 사당패.

너울너울 춤을 춘다. 옷자락 허공을 휘감으며 껄껄
웃는다.

땅과 하늘을 넘나든다.

외줄 위에 아슬아슬하다. 현기증이 난다.

싸고 싸맨 자아(自我)를 풀어헤쳐 줄 타보자. 덩실
덩실 뛰어보자.

떨어져봐야 천 길 낭떠러지도 아닌 걸, 마음인 걸.

천 길 마음이라도 줄 밟고 가다가, 떨어지면 일어나
면 되는 걸, 일어나서 다시 줄 밟고 가면 되는 걸.

마음자락 땅에서 하늘로 넘실넘실 출렁이며 먼 산
을 넘어간다.

한 순간씩

한 순간씩

흔들리지 않고 치우치지 않고

박에 풀잎 띄워 건네니 지나가던 세월이 잠시 멈추
어 섰네.

　돌담길 거니는 선비네
　유유자적(悠悠自適).
　그 길 따라 걷네.

　흔들리지 않고 치우치지 않고 맑은 이성(理性)으로
읊으니
　나무에 잔가지마저 푸릇하네.

　하늘 떠다니는 구름
　무심무욕(無心無慾).
　이 몸도 그러하네.

빙산

매일 아침
신문에서
가장 먼저 보는 것이
'오늘의 운세'

갖고 싶어서
하고 싶어서
되고 싶어서

회오리치며 스멀스멀 올라오는 욕망의 갈퀴와의
일생의 사투(死鬪)

"해야 하기 때문에 한다(선한 의지)."
— 칸트의 철학사상을 읽고

저 빙산을 오르려 한다.

한 발자국이 모든 것이니
한 발자국 다하여 내디딘다.

이정표(里程標)

한 권의 시집을 내며
시가 삶이 되기를 바랐다.

지키지 못 하는 불편한 약속이었음을….

또 한 권의 시집을 내며
삶이 시가 되기를 바란다.

지킬 수 있는 소박한 약속이 되었으면….

선물

개점에서 꽃무늬 치마 두 개를 샀다.

손수레에서 꽃버선 두 개를 샀다.

장에서 다홍색 블라우스 두 개를 샀다.

봄을 한가득 샀다.

볕 아래

잠 속에서

오색 꽃이 피고

아버지, 엄마 손 잡고

둥둥 떠다니는 구름이 된다.

별

별은 요술쟁이

엄마 등에 업혀 바라보던 별은 포근함이었다.
학교 때 창 너머 바라보던 별은 우상이었다.
숙녀가 되어 밤길 바라보던 별은 달님의 친구였다.
희끗해진 중년에 바라보는 별은 그리움이다.
생의 마지막에 바라다볼 별은 고향이었으면 좋겠다.

인생의 화폭에 수 놓여 점점이 반짝이는 별
오늘밤도 밤하늘 은빛 별 바라본다.

화두(話頭)

'무(無)'

심신(心身)이 문득문득 두드리다 돌아나오는
벽(壁).
빈손이지 못하고
무언가 주어 나오고 싶어 하는
도(道).
그래도
큰 봉우리 사람을 오르고 또 오르게 열려 있는
문(門).

사랑

잎
뿌리에 산산이 내려앉고
점점
목숨이
되어 간다.

조금 알겠다.

빗방울
바위에 똑똑 떨어지고
점점
그릇이
되어 간다.

조금 알겠다.

사랑을

조금 알겠다.

소망

그리움이 가르쳐준 것
사랑 많은 사람이 되겠습니다.

한계가 가르쳐준 것
기도 하는 사람이 되겠습니다.

눈물이 가르쳐준 것
함께 하는 사람이 되겠습니다.

빈손이 가르쳐준 것
감사하는 사람이 되겠습니다.

영원이 가르쳐준 것
순간에 사는 사람이 되겠습니다.

이제야 크는 아이

연둣빛 가로수
버스 창 안으로
풋풋한 젊음이 올라왔다.
어느 즈음에선가
정류장에 머무를 때
덥석 내려
푸른 몸으로
길가에 박혀 있고 싶다.
벨을 눌렀다.
발을 디딘다.
회색의 도회가 넘실댄다.
거기
팔순의 엄마를 껴안은 한 그루 박혀 있다.
팔 벌려 꼭 감싸 안는다.
연둣빛 잎
온몸에 돋아나 나풀거린다.

3
부
∨

사랑하는
이여

고개 숙인 동백화(冬栢花)

남도의 섬
동백화(冬栢花)
파리하게 떨고 서서
임 오실까
기다리다가
차가운 물살 위로
갈매기 차고 날아오를 때
임 오셨나
잎이 화들짝
단심(丹心)
홀로 익어
산하(山河)에 피어날 때
그때서야 임 오시려나.

그랬더라면

살며시 내어 보일 때
감지만 말지
도닥도닥 두드릴 때
닫지만 말지
조심조심 안기려 할 때
밀지만 말지

그랬더라면

그랬더라면

밤하늘 초승달
춤추던
발
얼어붙은 강 위에서
아리고 아리다.

내 마음이 간절히 너를 찾던 날
차가운 겨울 같지만 말지

톱니바퀴 속의 작은 침

들어가지 못하는 문이 세상에는 많다.
저기 문이 있는지도 모르다가
그 문을 들어가려고 할 때,
문이 있음을 알게 된다.
열려 있는 줄 알고 달려가다가
투명한 유리문에 막혀 부딪히고 쓰러진다.

어느 문
지하철을 타고가다
어느 날 앞에 앉아 있던 사람이 내렸다.
앉아 간다.
어느 문
지하철을 타고가다
어느 날 앞에 앉아 있던 사람이 계속 앉아 갔다.
서서 간다.

힘껏 달려도 들어갈 수 없는 문이
세상에는 너무 많다.
이 커다란 세상의 톱니바퀴 속에 끼어
이 자그마한 침은
째깍째깍 돌아갈 뿐이다.

미장이의 도배(塗褙)

누런 지폐 다발로 사람을 도배한다.
덕지덕지 풀질한다.
머리에 발려지고
눈에 발려지고
손에 발려지고
가슴에 발려지고
발에 발려지고
벽이 되어 세상에 서 있다.
바람 부는 데로 말라간다.
마른 종이 안에서
푸른 꿈결은 얼룩덜룩 바래고
풋내 사람 냄새는 잿빛 횟가루에 섞이고
푸근한 정(情)은 누덕누덕 떨어지고
핏빛 눈물은 검게 엉겨 붙고
싱그러운 숨은 파리하게 갇히고
와중에

시장(市場)의 미장이는
또 일을 시작한다.

설산(雪山)

바람이 불고 눈이 날고 얼음이 얼어붙고 구름이 가
리고
거부한다.
설산(雪山)

내려가고 내려간 자만 오르라고
작아지고 작아진 자만 오르라고

혹독하게
내려오고 내려와
낮을 데로 낮아지는 자
뼈 속까지 겸손을 배우는 자
그때서야

하늘이 푸르고 바람이 부드럽고 볕이 따스하고 앞
이 맑고

설산(雪山)
오를 수 있다.
만날 수 있다.

여름 장마

저 하늘 속에서 먹구름이 무리지어 화가 났다.
해도 숨었다.
크게 소리 지르니 천둥이다.
가늘게 눈 뜨니 번개다.
서럽게 우니 장마다.

산이
강이
밭이
집이
사람이
오롯이 받아내서 허물어진다.

"울게 해서 미안하오.
눈물 거두시게나.
잘못했소.

강해서."

하늘이 땅에게, 땅이 하늘에게

조간신문(朝刊新聞)을 펼치며

신문을 펼쳤다.
깨알 같은 검은 글자 속
길을 잃어버렸다.
풋풋한 초록의 아침을
깨알 속에 박힌 삶이
웅성거리며 밟고 섰다.
지층의 표피 같은 종잇장들이 뒤틀리는데
하얀 여백이 암반을 뚫고 들어가려 한다.
깊이 내려가 불을 밝히면
어제 밤 윤전기에 감기던 어둠이
슬며시 달아나려나.
어렴풋이 길이 있으려나.

흔들리는 차창 너머 길가 가판대
웅크리고 누워 있는 위로
바람이 차다.

사랑하는 이여

빈 방에 홀로 있다 보면
혼자라는 것을 잊게 됩니다.
빈 방에 누군가와 있을 때
혼자라는 것을 알게 됩니다.
사랑하는 이여,
사이에 실핏줄 같은 나뭇가지 피어나더라도
맞대고 자랍시다.
스치며 부딪히며 퍼석거리는 가지는 떨어져나가
겠지요.
얼굴 부비며 점점 튼튼해지겠지요.
뿌리 땅속으로 점점 깊어지겠지요.
큰 고목으로 커가겠지요.
푸른 눈꽃이 피겠지요.
사랑하는 이여,
밤하늘 푸른 별 밭에 하얀 달 피어나는 것마냥

잡초

잡초 무성한 길
한바탕 바람이 훑고 갔다.
바람이 비웃는다.
한바탕 비가 후려쳤다.
비가 이죽거린다.
억세단다.
질기단다.
그러면서 밟는다.
바람은 처참히 짓이긴 줄 모를 거다.
비는 지독히 모진 줄 모를 거다.
아파도 버티었다.
풀잎에서 이슬이 울 때
같이 울었다.
온몸으로 살아내는 이슬
동산에 무지개 필 때
같이 피었다.

하늘가 크는 꿈
바람을 품에 안고 비를 등에 얹고
깊은 숨을 쉬고 있다.

눈물만큼

눈물만큼 일어나라.

눈물만큼 소망하라.

눈물만큼 분노하라.

눈물만큼 삼키라.

눈물만큼 살아나라.

눈물만큼 죽어가라.

절체절명(絶體絶命)의 눈물만큼

틀

틀
안에서만

틀
만큼뿐

틀
사람이니

틀
새처럼

소유냐 존재냐

살아갈수록
두 갈래 길에 서서

억새풀 흔들리는 마음 밭에 조금만 바람이 불면 두
눈 찔끗 감고 황금의 길 밟고 싶었다.
두려움의 어둠이 내리면 그 길은 더욱 빛났다.

흔들리는 '나'와 긴 밤 씨름한다.

야수가 깜박 잠든 새벽, 한 아름 장작더미 위에 불
을 지핀다.
영혼의 집을 태운다.
쉽지 않은 길, 좁고 험한 산길. 그 길에 피는 하늘
닮은 꽃이 된다.

갈대의 독백

마른 바람에
치렁치렁 머리 흔들리고
하얀 뼈 굽으며
온몸으로 부딪혔는가.
한 때 비가 전부이지 않았는가.
한 때 눈이 전부이지 않았는가.
견디어냈는가.
비는 쏟아지다가 멈추지 않던가.
눈은 퍼붓다가 멈추지 않던가.
하늘은 검어지고
바람은 차가워지고
흔들리는가.
비는 또 쏟아지고
눈은 또 퍼붓고
또 일어나려 해야 하지 않는가.

별사탕의 꿈

동네 슈퍼 한 모퉁이로
꼬마가 와 덥석 잡는다.
'꿈나라' 봉지 속 나는
세상에 녹는다.

밝힐까
어둔 창

깨울까
단잠

나릴까
봄비

감을까
초록 풀

소금

깊은 바다에서 끓고 있다가
전(田)에 누워 수없이 뒤척이다가
하얀 산에 높이 오르다가
하얀 별로 빚어지다가
몸속에서 부서지다가

빨갛게
파랗게
노랗게
하얗게
거멓게

민낯으로
핀다.

길

묵묵히 가다 보면
장대비도 그치겠지
묵묵히 가다 보면
언덕도 넘겠지
묵묵히 가다 보면
천리(千里) 한 걸음씩 가고 있겠지
묵묵히 가다 보면
내일 시름 잊고 오늘만 곁에 있겠지
묵묵히 가다 보면
누군가 함께 걷고 있겠지
묵묵히 가다 보면
순정(純情) 눈처럼 빛나겠지
묵묵히 가다 보면
서산(西山)에 해 지고 있겠지

광활한 사막을

낙타가
무거운 짐 진 것 잊은 채
걸어가듯

다짐

지구는 그렇게 아름답고 살기 좋은 별이라고
지구에서 무상으로 살 수 있다는 것만으로
감사해야 한다고
우주에서 귀환하던 어떤 과학자가 말했다.

다짐했다.
사랑할 수 없을 정도로 힘들 때는
지구를 떠나보겠다고
사람에게서 떠나보겠다고
떠났다가 돌아오는 마음으로
헤어졌다 만나는 마음으로
더 이상 볼 수 없을지도 모른다는 마음으로
큰마음으로

무상으로 살아있음만으로
사랑할 수 있을 거라고
감사할 수 있을 거라고

오늘도 바위를 굴러 올린다

나무가 울어댔다.
속으로 울어댔다.
아무도 모르게 울어댔다.
천년의 울음이다.
생사(生死)의 굴레를
거미줄처럼 뒤집어쓰고

포르르 새가 날아 앉았다.
퉁퉁 부은 눈언저리에
부르튼 손으로
짓이긴 발로
어루만지는
천년의 날갯짓이다.

봄이 온다

아장아장
산길 밟고
들길 밟고
온다.

참방참방
개울물
앉다 뛰다
온다.

살금살금
햇살
이고 기고
온다.

아롱다롱

들꽃
새 옷 입고
온다.

울퉁불퉁
먼 길

4
부
ᐯ

하늘에서
꽃이 내리다

원점(原點)

원점(原點)

시작

끝

시작

끝

시작

끝

원점(原點)

지구도 둥글다.

학교 마당도 둥글다.

달리기 출발선과 마침선도 맞닿아 둥글다.

힘껏 달려 뚝뚝 떨어지는 땀방울도 둥글다.

태어나던 죽어가던 눈물방울도 둥글다.

풀잎에 구르는 이슬방울도 둥글다.

함박눈 오던 날

새벽길
하얀 별이 춤을 춘다.
숲에 꿈이 난다.

　·

　·

　·

어스름
하얀 솜이 무리지어 앉았다.
나무는 무겁다.

　·

　·

　·

캄캄한 밤
하얀 산 얼어버렸다.
산길이 막혔다.

몰랐다.
눈은 그쳐야 할 즈음이 언제인지 몰랐다.

눈은 눈물이 되어 파고든다.

장강(長江)을 앞에 두고

강둑에 서니
바람도 잦아든다.

눈 감아
손 모아

유장(悠長)한 강이었으면
한(恨) 씻겨 흘러가는 강이었으면
엄마 마음 같은 강이었으면

꽃잎 흐르다 수줍게
길 맞아
오는 임 그저 안는 강이었으면

늙어가는 나무

마음에 왜 꽃이 피지 않는가.
마음에 왜 새들이 날아들지 않는가.
마음에 왜 해가 솟지 않는가.
마음에 왜 별이 쏟아지지 않는가.
마음에 왜 바람이 일렁이지 않는가.
마음에 왜 강물이 조잘대지 않는가.
마음에 왜 볕이 머물지 않는가.
　　·
　　·
　　·

나는 늙어가는 나무
세월에 닳은 굳은 껍질뿐
다 주고 나니.

한 아이가 달려와 끌어안는다.

겨울 산

해질녘
하루하루 거기 있다.

산처럼
서 있다가
앉아 있다가
누워 있다가

잎으로, 꽃으로, 열매로
말라가는 나무 안고

두 눈 껌뻑껌뻑
듬성듬성 비식 웃다가

언 땅에
흰 옷 입고

뿌리 내리고
산처럼 거기 있다.

시간

물살은 세고
얼굴이 없다.

흐르기만 하는데

기억은
거슬러올라가

부초(浮草)를 띄운다.

그리운 잎 가득 움켜쥔다.

그 봄날, 아버지

꽃은 지고
꽃이 졌다고 누가 슬퍼하던가?
꽃은 피면 지는 거라고 그럴 뿐

그대는 가고
누구나 가는 길이라고 객들은 그럴 뿐
누구나 가는 길 그런 것인가?

봄날, 나풀거리는 꽃잎은
피어나는구나.

꽃은 지고 꽃은 피니
꽃은 지면 다시 피는 것 아니던가?

그대는 어디 가고
그 봄날, 그 여리게 나풀거리던 꽃잎은
내 속에서 지는 날이 없어라.

아버지의 병상일기

하얀 병동 복도를 자박거리는 검은 바람
하얀 벽 앞에 기대어 기웃거린다.
파란 의자에서 파란 아내가 막고 있다.
깊은 잠
꽃향기 같은 숨
들락날락하는 봄 따라
산으로 들로 난다.
봄 지나면
봄 따라서 가고 싶다.
가면서
별 같은 손
하늘에 펼쳐
하얀 석고 같이 앉아 있을 아내
마지막으로
뜨겁게 안아주고 싶다.

담벼락 장미

마냥 그 자리에 서 있는 줄 알았다.
내가 웃으면 너도 웃으며
항상 웃어 줘서 나는 몰랐다.

작은 가시에도 붉게 멍드는 줄
여리고 여린 속살을 숨기고 있는 줄
항상 굳게 있어 줘서 나는 몰랐다.

나는 미련한 돌이었다.
장마가 시작되고 너 스러질 때
그때서야
나도 가슴을 뜯으며 울어댄다.

누구에게도 돌을 던지지 말자

사람에게 왜 돌을 던지는가?
사람들은 눈을 감고 막 던졌다.
긴긴 세월
작은 돌은 바위만큼 커져 짓누르고
짓무른 수풀은 검붉게 철썩인다.
상처는 자르고 잘라도 자라는 덤불.
사람아,
덤불에 설혹 들꽃 피어나더라도
누구에게도 돌은 던지지 말자.

가신들

감은들
영겁(永劫)에 찰나(刹那)의 읍소(泣訴)

가련들
길섶에 다시 와 노니는 긴 그림자

접은들
먼 산 아래 타래타래 오르는 정(情)

잊어진들
간 밤 꿈속에 날고 있는 하얀 학

고운 체

길 맞닿은 데 피하지 말 걸.
들판,
산길,
자갈밭,
갯벌
·
·

짐 무거워도 내려놓으려 말 걸.
진(眞),
성(誠),
애(愛),
고(孤)
·
·

가시 꽂혀도 잘 다스릴 걸.
나,

남,

그 때,

거기

·

·

고운 체에 담아 거르고 거른다.

아버지 하늘나라 가시고 더.

정제(精製)되리.

아버지, 퇴계(退溪)를 참 좋아도 하셨지

달은 하나요,
저녁 어스름
천개의 강에 달이 떠 있네.

깊은 밤 정적 속
안 뜰
사색(思索)의 퇴계(退溪)가 거닌다.

서책에 써내려가는 논구(論究)
　사단(四端: 도덕)—측은지심(惻隱之心)·수오지심
(羞惡之心)·사양지심(辭讓之心)·시비지심(是非之心)
　칠정(七情: 욕망)—희(喜)·노(怒)·애(哀)·구(懼)·애
(愛)·오(惡)·욕(欲)

캐고 익고
묵향(墨香) 밤하늘에 퍼지네.

창가 매화나무에 걸린 별이
초롱초롱 불 밝히네.

마음의 성읍(城邑)에 들어가지 못한 죄

말만 마음인 줄 알았습니다.
그 웃음 안, 그 눈물 안.
침묵이 홀로 크고 있었습니다.
그 샘을 들여다보지 못한 죄
내 얼굴만 둥둥 떠다녔던 곳
가벼워 깊이 들어갈 수 없었습니다.
마른 잎 젖으며 기웃거리다가 나왔습니다.
샘 깊은 데 무엇이 있나?
샘 깊은 데, 밤마다 외길 따라 쌓은 성읍(城邑)이
있습니다.

전화를 합니다. 뚜뚜 벨만 울립니다.
천상과 연락두절.
전화를 합니다. 뚜뚜 벨만 울립니다.
지상과 연락두절.

샘가
사랑초 하얗게 지샙니다.

그리움

산기슭 한 송이 꽃
홀로 서 있네.

그리다
그리다

여린 꽃잎
홀로 붉어 가네.

사무치다
사무치다

가는 심지
홀로 굵어 가네.

산기슭 한 송이 꽃
홀로 서 있지 않네.

회상(回想)

박제 된 기억

한 장 한 장

날아와

고독의 나무에 걸려

창 밖 서성이며 기웃거리다가

열지 않아도 성큼 들어와

아래 마루에 길게 누워

울다가 웃다가

하루를 살다 가는

하루를 살게 하는

사람

하늘에서 꽃이 내리다

봄날
하늘로 두 손 뻗은
가지 사이
바람결에 뿌리는
점점이 눈

아가의 입술에
연인들의 마주 잡은 두 손에
초로(初老)의 여인의 어깨 위에
사뿐히 앉았다

봄 속에
환희로 녹아내렸다.

꽃으로 왔다가
눈이 되었다가

눈물로 번지다가
눈 속에 사랑을 쓰고 가는
생명

예수님 안은 나무처럼

우주의 방에 매인 탯줄이 흔들린다.
거두어졌다.
아버지 천상으로 가신 때

매일 울었다.
매일 헤집었다.
매일 죽었다.
빈 밭, 허수아비

예수님 안은 나무가 속삭인다.
곱게 살아나셨다고

하늘가, 나무처럼
곱게 안고 가련다.

이채현 시인은

시(詩)가 지닌 간결하고 단아한 작품 속에서 삶의 시간을 지나온 인생의 깊이를 성찰의 두레박으로 길어 올려 곡진한 수상집(隨想集)으로 엮어 냈으며,

심안으로 섬세하게 한 땀 한 땀 바느질한 인간의 내적 윤리관을 심도 깊게 통찰한 묵상집이기도 하다.

하얀 국화 앞에 놓으며 말로 말을 하지 않겠습니다.

침묵의 적(敵)은 침묵, 두 손 불끈 쥐고 무거운 발걸음으로 추모공원(追慕公園) 돌아 나서는데…

가장 큰 이가 가장 큰 침묵으로 부끄럽게 하십니다.

—「침묵」부분

"가장 큰 이"의 "침묵" 앞에서 겸허하게 풀어 낸 매듭들은 성찰이 반추된 도덕과 양심의 화해이다.

진솔하게 옷깃을 여미게 하는 생활 속 지침서 같은 묵상시집을 만나게 되어 더불어 조찰(澡擦)한 마음이 고 넉넉해지는 행복이다.

박찬현